阳 光 诗 系

谁也无法阻挡
那些物象的流逝

季栋梁 著

黄河出版传媒集团
阳 光 出 版 社

图书在版编目（CIP）数据

谁也无法阻挡那些物象的流逝 / 季栋梁著. -- 银川：
阳光出版社, 2024.6. -- (阳光诗系). -- ISBN 978
-7-5525-7350-3

Ⅰ. I227

中国国家版本馆CIP数据核字第2024J0V725号

阳光诗系·谁也无法阻挡那些物象的流逝　季栋梁　著

责任编辑　申　佳　赵　寅
封面设计　鸿儒文轩 · 末末美书
责任印制　岳建宁

黄河出版传媒集团
阳　光　出　版　社　出版发行

出 版 人　薛文斌
地　　　址　宁夏银川市北京东路139号出版大厦（750001）
网　　　址　http：//www.ygchbs.com
网上书店　http：//shop129132959.taobao.com
电子信箱　yangguangchubanshe@163.com
邮购电话　0951-5047283
经　　　销　全国新华书店
印刷装订　山东新华印务有限公司泰安分公司
印刷委托书号　（宁）0029856

开　　本　880 mm×1230 mm　1/32
印　　张　8.5
字　　数　170千字
版　　次　2024年6月第1版
印　　次　2024年6月第1次印刷
书　　号　ISBN 978-7-5525-7350-3
定　　价　68.00元

目 录
CONTENTS

家

美人眠于花下
英雄死在路上

一把钥匙
能打开一间房子
却不能打开
一个家

我们总遇到这样的问题：
有家的人没有房子
有房子的人
却无家可归

一个男子勾下腰去

一个男子勾下腰去

系自己松开的鞋带

吓跑了身后尾随着的

一只流浪狗

流浪狗掉头狂奔

吓着了一个小女孩

小女孩的惊慌失措

惊倒了一辆自行车

自行车倒在马路上

惊着了一辆小轿车

小轿车跑上了人行道

压上了三个人

那个男人并不知道

和所有围在车祸周围的

围观者一样

那天，我向东走

那天，我向东走

我不想停下来

我有事要去东边

可是我走着走着就向西来了

因为人们都向西围去

我看到西边有一堆人

围在一起，像蚂蚁国出了大事

我也围了过去

人挤得水泄不通

我挤不进去

和所有的时候一样

越挤不进去

我就越想挤进去

里面的人往出挤

外面的人往里挤

那个圈子里没有什么物景

就是一个人

一只狗

那个人就像一只狗

好像那个人在教训狗

像是教训人一样

我从那圈子里走出来的时候

连去东边的心事都没了，也许

那里也是一个圈子

悬石

那块石头还悬乎乎地立在山巅

弱不禁风的样子

少年时候

我整天希望

它掉下来

但它没有掉下来

青年的时候

我曾经努力想让

它掉下来

但它岿然不动

现在

我开始欣赏它了

就希望它那样立下去

天长地久

习惯

每走一段路
我总要禁不住回过头来
向后看看
我不知道要看什么
可是我总觉得身后有什么
东西跟着
这是很久以前一件事养成的习惯
几十年过去了
我还是这样，依然走得好好的
却猛然回过头来
我依然在我的背后
没有看到任何东西
可时不时回过头来的习惯
已经再也改不过来

几个十年

其实我只需要一个栖息的地方
他们却给我画了一座宫殿
为了搬进这个宫殿
我用了十年
其实我只需要一顿充饥的饭菜
他们却给了我一个粮仓
为了装满这个粮仓
我用了十年
其实我只需要一个爱我的人
他们却给我指了无数条路
为了得到一个爱我的人
我现在还走在路上

谁还会去芦花台

谁还会去芦花台

去那个给洁白的芦花

覆盖了整个秋天的台地

还有一条情人般窃窃私语的小河

在这秋风过川的时节

我打算一个人去

我想在那里住上一段日子

写点过去的事情

那里曾经是情人的天堂

动人的细节像野兔一样

奔波在芦花的洁白里

而现在那些在这里爱过的人

和他们的爱一样渐渐老去

可是那条开遍了自由之花的路

正走过尘土和大车

铲车一下一下将芦草连根铲起

又被一辆辆车拉着不知去了哪里

尘土飞扬的小道坑坑洼洼
没有爱再选择这里了
何况现在的情人
都喜欢待在高级小车里
或者是别墅里
要不就是到迪厅里去
把头甩成一个球
然后不停地哇哇呀呀地怪叫
谁还会去芦花台
用那绵柔的芦花挠你的耳朵

花朵在风中

花朵在风中忸怩作态
就像得到奖赏的小孩
树的影子一直被阳光牵着
一个园工很粗暴地侍弄着花草
我坐在掉了皮恢复了本色的长条椅上
这是一个春天的上午
眼前是一棵老去的树
它的一截已经死掉了
老去的往事正从它腐朽的香气、光线
和树的皱纹、色晕中浮现出来
人在很多的时候都不如树
树还努力地长出几片叶子来

清明

一棵草用积攒了一冬的力气
把清明从地下很古朴地
顶了出来
清明有一颗花的脑袋
从我们的思念里
抽出芽苞
一骨朵一骨朵的宁静
经三月阳光的抚摸
开到我们的胸前
我们通过一种仪式走向原野
我们通过对话
将清明从节气的意义上
剥离，让清明成为一种
约会，成为一种
守望

在水的另一方

雨落下的时候

落下恩情

雪落下的时候

落下尊贵

在水的另一方

上天的恩情铺天盖地

在水的另一方

龙王庙高高在上

连那檐下的麻雀与蝙蝠

也天使一样神圣美丽

无雨的日子

人人都想赎回点什么

在水的另一方

有许多节气

只有水落下来的时候

那些节气才叫节气

才能撑起舒展的日子

风都过去好一阵子了

风都过去好一阵子了
被风压下来的枝条纷纷弹向天空
一朵花已经振作
只有一粒沙子还在跑着
像一个刚刚学会跑的孩子
还没有学会停下来

我至今仍然是一个很卑微的人

我至今仍然是一个很卑微的人
许多事情我还记忆犹新
不敢稍有懈怠
别人对着我哭的时候
我还能对着他哭
只是别人对着我笑的时候
我已经笑不出来

一个女人在哭泣

一个女人在哭泣
我敲开了她的门
她的脸上没有泪痕
只有恼恨
之后的日子
她看到我就像有了宿怨
出门进门连最简单的头都不点了
许久以后我才明白
我听到了她这个年龄段最大的隐私

一头牛的死亡过程

村子里一头牛的死亡过程
和一个人的死亡过程没什么两样

死了的牛就和人一样
脸上布满了宁静和祥和
整个骨架和血脉像苦累了的人
一副休息的样子
皮毛比生前要滑润一些
它有病时像人一样休养过一段时日
经常劳作的人只要一休养就会表现出
与以往不同的气色来
它身上的鞭痕已经养好

它和马不同
它没有奔跑的梦
它的眼睛半睁着像人一样
它还放心不下一些事情

这是个干旱的季节
谁能轻易走过和离开

一头牛死了
它的身边围着与它共事的人
像围着远去的亲人
整个村子都十分的疲惫

马车轧过村庄

马车轧过村庄
马车像团火球轧过
马车把大地轧出白烟
马车的刮木叫着口渴口渴
马车不回头
家在马车上颠得支离破碎

被马车轧乱的村庄
被鸟群飞离的村庄
被干旱诅咒的村庄
被家抛弃的村庄
被泪水打湿的村庄
我们像分子一样在太阳下
乱飞
马车轧过村庄
鸟群把影子集中着投下
却把水汽分散着带走

村庄背过身去
太阳蒸发了村庄
眼角最后一点水光

在西海固在 2000 年
太阳正系统地蒸发着我们的村庄

血缘

一朵花
毛茸茸地对我笑
我给她取了个名儿
她就是我的女儿

一棵树
枝枝丫丫地绊我
我给他取个名儿
他就是我的儿子

一头牛
在草地上凝视着我
然后长哞一声
我叫了声兄弟
在土地上
只要碰到的东西
我就会想到血缘

遗弃

被遗弃的村庄像被河水遗弃的河床
那些掌纹一样的小路荒芜难觅
遇到的老人和孩子
还是上个世纪的模样
身后雪白的羊群投下黑黑的影子
庄稼地杂草丛生，鸟虫争鸣
麦地中间先祖的坟堆已被杂草遮蔽
荒草中生长着一些庄稼野草一样茁壮
那是遗落的种子不误节气地生长
熟落的籽实正在风中把自己埋进土里
大地之上，四季轮回
天伦健康，万物生长
在山坡，我随便喊了一个记忆中的小名
还好，有孩子理直气壮地应了一声
这是故乡唯一的回声

两只耳朵

凡·高曾画过许多自画像
最为著名的是割了耳朵的自画像
于是有个半吊子自以为是解读
说凡·高割下耳朵是想画自己的耳朵
我想凡·高割耳是明白了这世上最肮脏东西从口中喷出
正是通过这个帮凶扰乱高尚宁静的心灵

我想到了几千年前
老先人许由拒绝尧帝传他帝位
还跑到箕山颍水边用河水洗耳
另一先人巢父听闻此事
批评朋友许由洗耳污染颍河水
牵牛离开，不让牛饮颍河水

针线

上好的阳光普照我家院子的日子
母亲通常会刁空坐在院里穿针
她会把针线包袱里的针全穿上线
这样做针线的时候就不误工了
多少年了母亲都是这样
小时候我经常帮母亲穿针

那年回家，母亲坐在院子里穿针
她没有叫我帮忙，我就看着她穿
她已过了穿针的年纪
一根针穿了许久
她把包袱里的针全穿上线
抿抿稀疏的白发冲我笑笑

我们已无针线可做
那些穿好线的针依然在针线包袱里
每次看到那些整整齐齐的针线

我就会看看窗外

就会看到母亲坐在明媚的阳光里

自由

聋子的自由来自于耳朵
哑巴的自由来自于嘴巴
瞎子的自由来自于眼睛
我们的自由来自于
牢牢锁住自己
紧闭门窗

如果你不紧闭门窗
风照样吹灭佛前的油灯

成熟

活过这些年

我才明白所谓的成熟

就是去红星照相馆照一回标准照

生活就像那位敬业的摄影师

纠结过你的头发

涂抹过你的肌肤

挑剔过你的衣着

修饰过你的表情

校对过你的眼神

教育过你的坐姿

训斥过你的态度

然后说

自然点

自然点

自然点

……

参差集（一）

1

在步行街，一瓶矿泉水快喝完
就能让那捡破烂的匆匆忙忙的大婶
脚步慢下来

在步行街
大婶已匆匆忙忙了二十多年

2

活到这把年纪了，可以说阅人无数
但还没有修炼到，见人就能判断出是人不是人
连续遭遇了几件事，不能不感慨啊
明明是个人，却不干人事

3

太容易成功的事总是让我们充满怀疑
就像朋友的痛苦来自极易到手的初夜
以致多少年过去了
他仍然怀疑老婆是个很随便的人

4

去澳大利亚考察学习
最大的收益是
农民是一种职业
不是一种身份

5

上帝无处不在
但从不现身
大地上的景物
就是上帝的语言
我们都是截句者

6

打开报纸，打开网络
农民、农民工依然是热词

是谁给了他们这样卑微的地位
永远处在人们的同情悲悯之中

7

暮春时节
夏天这个流氓的阴谋得逞
受孕的花朵纷纷凋零
春天瘦了一大圈
每一枚果实
都是对春天的背叛

8

街道又被开膛破肚
连续四年了吧
还是正在挖街道的民工兄弟有才：
街道该装拉链了

9

吹面不寒杨柳风
山顶披云啸一声
草木青翠，虫鸟和鸣
头枕青山，鲜花簇拥
你是否感到幸福

我们总是用一堆指标
衡量幸福与不幸福
其实幸福非常简单
有时候什么都没有
都会感到很幸福

10

到现在我还过着卑微的生活
我还不自由，不能坚持自己
比如说那个见过十次的家伙
他把手伸向我问我是谁的时候
我还没有问他是谁的勇气

11

一周接电话、信息几百个
都在告诉我不要相信任何人
这社会啊

12

人生的尽头
一无所有
一如我们的爱
没有内容

13

小区有人走路头一甩一甩的
就像一辈子都被否定了
更悲哀的是一只狗也拣软柿子捏
一碰见亦步亦趋学着
他好不恼火，他一扑，狗一跳
他一扑，狗一跳
真像啊

14

什么都不相信的人
其实什么都相信了

15

更多的时候你不得不承认
高尚是卑鄙者的通行证

16

朋友圈里有两个常说假话的
多少年了依然形影不离
倒是那两个常说真话的
早已老死不相往来

17

患失的人
最终会患得

毛乌素沙漠

老家在毛乌素沙漠南缘
我们经常去沙漠
沙子那么多
就像大海里的水珠

风也是那么多
从我记事起就遮天蔽日地刮
从古到今经历了多少场风
谁能说得清楚呢
风是沙的路
沙子跟着风跑
可多少年了
沙子还是那么多

风还在吹，继续吹
沙子还是那么多
在大海一样的毛乌素，风只是帆
吹走的只是自己

卖花姑娘

在一个叫"老地方"的门前
一个姑娘手捧一朵玫瑰
这是大西北城市七点的冬夜
来自西伯利亚的风
像打着酒呼噜的醉汉四处乱撞
她单薄的衣衫被风撩起
像鸟儿驱赶寒冷煽动的小翼
她的小鼻子像马戏团的小丑嵌上了大红橡皮
她迎候着那些华丽的情人们
"最后一朵玫瑰"
她微弱的叫卖声仿佛夜莺冻醒时的梦呓
我卖下她手中最后那朵玫瑰
想她可以回家暖暖石头般冷透了的身体
当我结束了日常的应酬原路返回
她依然站在十一点钟的寒夜
手里捧着"最后一朵玫瑰"
她卖力地搐动冷僵的脸冲我笑笑

将小小的狡黠藏在她深深的寒苦里
她不是来自朝鲜的卖花姑娘
而是来自山里我那苦命的妹妹
她就是一朵玫瑰
开放在自己寒苦的花季

十月

十月
我们至高至上的土地
在精疲力竭之后
开始休憩
十月
我们至亲至爱的牛
在犁耙高挂之后
开始分娩
那高高低低粗粗细细的哞声
那痛痛苦苦快快乐乐的哞声
覆盖大地洞彻山塬
这是一个百姓感奋的季节
我们的又一茬庄稼成熟了
不用镰刀和茧子
我们用全部的恩爱和感情
开始最伟大的收获
在这个季节

没有儿子的人

有了儿子

贫穷的人

有了财富

富有的人

有了思想

在十月

饭桌上是越嚼越有滋味的话题

在十月

我们又多了些受苦受难的兄弟

看着孩子般的牛犊

在田野里打滚撒欢

我们卸下所有的负担

直起腰来

轻松无比

山调

播种之后的一种渴望
开镰之后的一种富足
苦难之后的一种超然
灾祸之后的一种无奈

跟在日子之后
吼起在每一条路上
跟在农事之后
吼起在每一座山头

梁峁峁般粗重厚实的比喻
实在地砸得山响
山沟沟般七枝八权的夸张
饸饹面泼上了油汪
旱烟般呛人的土语方言
牛角辣椒闪着诱人的光

扯破喉咙

吼就吼个天欢地喜

吼就吼个天翻地覆

吼得牛蹦

吼得羊跳

吼得凤飞

吼得龙舞

吼过了灾

吼过了祸

把散了的吼拢

把死了的吼活

酒桌上

说起一个人，说这个人的三长四短
大家踊跃发言，有分析有总结
像以前的批斗会一样热烈
我旁边的人捣捣我问我为啥不发言
我说我不认识那人，不知道他干了什么
他说那你也得说，大家都在说哩
我说我该说些什么呢
他说说什么无所谓，重要的是跟着说
又悄悄告诉我这人他也不认识
其实我懂的，社会就像一个江湖
生活中老大无处不在
有些话有人起了头，你就得跟着说

垓下

与那个出过帝王的 5A 级景区相比
这个有世界七大古战场之誉的垓下
有着 2A 级景区的冷清与寂寥
显得寒酸、卑微、悲情

这里曾是楚汉最后决战的战场
数百万将士埋骨于此
为大汉王朝四百多年的历史奠基
数百万将士的灵魂寂寂无名
阴间地府无法造册登记、分配安置
他们成了风中的游魂野鬼
据说许多年来垓下的厮杀声不绝于耳
战车碾过大地像天国滚过的闷雷
岁月耗了数千年的精力
才消耗了他们的尸骨
淘净了被他们的血浸染的土地

倒是那个叫虞姬的美人
一曲垓下歌之后
她补过妆，抽出长剑轻轻一刎
割断英雄的退路
结束她华丽的人生旅程
轻易就走进历史，站成雕塑
安享人们的顶礼膜拜

虞姬梳妆台前
坐着一个女子
搔首弄姿的妩媚让我充满担忧
当她回过头来
我长出一口气
真该庆幸啊
她没有倾城倾国的姿色

墙与少年

临近黄昏，在仁义巷
一个少年疯狂地踢着一堵墙
墙撞了他的头

已经有些时辰了
墙似乎被踢疼了
它的影子挪了又挪
少年还不依不饶
理直气壮地又踢又骂
旁若无人
就像这天下是他的

我也那样踢过墙啊
也理直气壮地又踢又骂
现在我已不那样踢墙了
即使是被撞得鼻青脸肿
何况我已习惯了绕墙而行

大爱

木槿、桃、杏和狗尾巴花层次分明

点缀了花朵、蝴蝶和鸟的草地

就像宫殿里华丽的地毯珠光宝气

匍匐着的昆虫像粒粒宝石悠闲而高贵

小溪低语，泛着金子般的光泽

叶子锡箔般在风中翻转

阳光落在什么上都失去了自己

溪边错落有致的草木自由开花

凋谢的花都被溪水带走

不陷于污泥

这种大爱充盈着我们的生活

无声无息

连他们老两口养老也得抓阄

因为都不想要他们病残的娘

大儿说他是长子

父亲应该随他

小儿说天下老都随小

父亲应该随他

他骟了，吼他们谁都不随

两儿同时说谁有工夫再呐这事

还是抓阄，一次抓了

连阄都不用写

刚才抓驴的阄拿来就行了

老驴代表娘

小驴代表爹

老王落泪了

屎壳郎一个上午都在滚那个粪球

一个上午屎壳郎都在滚那个粪球
那个比它大几倍的粪球
它滚起来很有些吃力

屎壳郎像个管不住自己的孩子
滚一阵粪球
就跑到草地上玩去了
在冰草叶上荡一阵秋千
爬一爬米蒿的长秆
去和另一个屎壳郎打情骂俏
然后又跑回来滚粪球
路不好，粪球几次滚回原处
它却一点都不生气
从头推起
来了一股风刚刚好
它和粪球被刮上了坡顶
它的家在坡那面
全是下坡路

小乔

小乔初嫁
因为彩礼的事闹得很不愉快
差点把婚事都搅黄了

小乔傻了
因为彩礼的事又发酵了
小乔一头撞倒了一堵墙
小乔傻得不知道羞丑了

小乔被送回来
娘家不接
婆家撂下就走
娘家却关上了大门
小乔无家可回
就出没山野之中
一头头发就那么白了
像样板戏里的白毛女
不过从未笑过的小乔
现在笑声朗朗

谁干的

即使到了现在
我们还在玩谁干的游戏
与小时候没啥区别
假装干一件坏事
然后寻找谁干的
只不过现在是干了真正的坏事
而且是越来越正规了
还有就是明明知道是谁干的
你还得装作不知道

美女

每每看着那些浓妆艳抹的美女
我会想起那些鲜嫩品相好的蔬菜
它们都是生长着就喷了农药
采摘下来又都打了保鲜剂的
短时间内就会蔫成一堆破抹布
我现在到了买菜的年纪
当然是弄懂这些菜
怕死于无知

老家记

1

"鸡栖于埘，日之夕矣，羊牛下来。"
"鸡栖于桀，日之夕矣，羊牛下括。"
还有抬头"桃之夭夭，灼灼其华"
还有低头"关关雎鸠，在河之洲"
老家，还这样生活着

2

村口生长着一棵树
西西伯利亚的风刮过来
枝条被压得匍匐在地
风过去了
那被风压下来的枝条
纷纷弹向天空

3

圈生、院生、地生、场生、路生、裆生
不错，叫这小名的就是在这些地方生的
脐带是用牙咬断、用锹用镰用锄头割断的
"哪有时间坐在屋里等着生娃的
再说那还不让你奶奶骂死！"
说起来时母亲说

4

村上的女娃叫梅的比较多
蜡梅、闰梅、冬梅、春梅、大梅、二梅、三梅……
以为是词语贫乏，梅是红色，喜庆吉利
母亲说叫梅命强噻，冻不死么

5

守旧如燕，守岁如梅
守门如吠，守晨如鸣
守亲如灯
一回到老家的生活
我就满面羞愧

6

一个娃娃被扔在南坡

娃娃太多了

养不活了

那时候狼虫虎豹还很多

这个娃竟然活了下来

至今已繁衍出一百多口人

在他们的讲述中

一个老汉向我走来

他就是我的祖爷

7

奶奶说一顿省一把，三年买匹马

爷爷说人吃土地一辈子，土地只吃人一口

母亲说干活干活，干着活着

父亲说苦下到哪达哪达亲

这就是一顿饭的工夫我从他们嘴里收获的

他们去世一贫如洗

只留下这些话语

陪伴着我

8

那把我用了十年的锹
放在门背后
才一年没用
就锈得锹头让锈吃了几个洞

9

母亲来我梦中笑
把我笑醒了
脾气太好的人
总是要受欺负的
我们兄弟姊妹没少欺负她
她总是笑着
后来想她把我们给她受的气
都看成了撒娇
母亲笑了一辈子
遗像也是笑着的

10

只要在家

父亲喜欢靠东墙蹴着
那里阳光好，还避风
一晃几十年过去
母亲说你爹的影子都印在墙上了
父亲去世后
我每次回家一抬目
总看到父亲蹴在那里

11

公鸡还过着三妻四妾的日子
一只公鸡趾高气扬
一群母鸡前呼后拥
公鸡完全是帝王的派头
捉一只虫子就冲母鸡们咕咕叫
母鸡们争先恐后扑到公鸡身边
有的母鸡都丢弃了自己捉到的虫子

12

一只母鸡卧在草窑里
不吃不喝
还想抱一窝鸡娃

13

两个婆婆手捏着手，站在街巷
一个婆婆在城里领孙子刚回来
她们几年没见了

问阿玉有娃了没
问宝明有娃了没
问福森有娃了没
一个婆婆说
他们都过得好呢
一个婆婆说
几年了没有娃
还说过得好呢

14

去找老王头剃头
才知道老王头出家了
因为村里没剃头的人了
小的进城了
老的老死了
老王头就上山寺出家了

我不知道他是不是
由给山寺和尚剃头想到了出家
还是他早就有了出家的想法
我记得他的手很绵

15

穿过村巷
倚门楣的老姨
皱纹如镂
目光扫来
地老天荒

16

我坐在山顶瞭远
群山肃穆
长风如抚
山下是层层的庄田
父老们鞠躬而作
日光普照
大地孕育
听到谣曲

简朴而忧伤

17

村巷里，戏台上
戏班子的大喇叭
也唱着《斯卡布罗集市》
《昨日重现》

18

金秋，神也收获了
办庙会，唱神戏
还愿的，许愿的
一场接一场
我跟着神过足了戏瘾

19

起风了
众草起伏
小兽奔跃
大树抽打着小树

山野兵荒马乱的
连我都有些慌张
眼前的景象平静了我
几只蚂蚁在冰草叶上
借助风力荡秋千
我都听到了蚂蚁欢快的笑声

20

站在乡野
我通过记忆
向童年
做着鬼脸
尿了一泡尿
只是已尿不出童年的气势

21

庙山是座小山，尖尖的圆圆的
山顶一座可忽略不计的小庙
却有条条小路从四面八方
犹如纷披的藤蔓攀向山顶
让这座小山像青藏高原处处可见的玛尼堆

小庙只一间房
有一副对联
上天言好事，回宫降吉祥

22

站在庙梁上四顾
只一缕炊烟就像这世上
佛前最后一炷香直上云霄

小庙前那面旗帜
绝望于这死一样的宁静
渴望来一场风的暴动

23

还乡的倒是不少
隔三岔五就有还乡的
只是越来越像还愿
不过他们会坐在城里
一篇篇写乡愁
有个家伙回来一趟
也就一周时间吧

却写了一本书

24

听到太多的埋怨与不屑
皆因我们的"乡愁"而起
故乡已盛不下
我们在城里恣意聒噪
自以为是的乡愁

25

云生于云里
风走在风中
天空中飞扬的尘埃
最终又回到土里
云朵从天幕垂向大地
苍山如幕

26

让鸡啄我，让狗撵我，让猫抓我，让猪哼我，让羊咩我
让驴踢我，让牛抵我，让马奔我，让鸟飞我

让山越我，让沟翻我，让犁犁我，让锄锄我，让镰割我
让风刮我，让草淹我，让花香我，让稷饱我

让土葬我

山坡羊

在山坡上
我遇到了一个老人
拉着三只羊
他告诉我这是他一年的药
卖掉羊买回一年的药
今年他身体争气
到眼下算算
少吃了一只羊的药
长下了一只羊
我说那就可以吃了
羊也是一种药
好好补补
他说还敢吃了
得攒着等大病来
到远处回头望
山坡上的老人、羊
想到一个词牌名
——山坡羊

古道，西风，瘦马

夕阳西下
我真的看到人
断肠的模样
提着酒瓶
坐在一截老墙头上
长发飘成了蒿草
他是个诗人
不是走这条路的
是专门来写诗拍视频的

还是不喜欢他

一个人忽然冒出来相约
我不喜欢的一个人
多少年过去了
也多少年没见了
岁月是把杀猪刀啊
多少人变得面目全非
肯定变了
变得不介绍都认不出来了
我会喜欢他
多少打死都不信的人
不都相信了
可见了面坐了没几分钟
我发现还是不喜欢他
我们有些东西都还没变
事后想想，这挺不容易的

我走过去几次

我走过去几次
几次回过头来
都有一种被牵着的感觉

那个孩子还跪在街上
一张写着原因的纸
考验着每一个经过的人

疯子

街角
一个拉小提琴的
那些名曲都能拉
拉得真好
姿势优雅
可人都说他是个疯子

面具

女子像个真诚而谦恭的信徒
生怕得罪了上帝似的
酒才过三巡
她已补了三次妆
即使把我们看成好色之徒
我也原谅她
看看这桌上坐着的人
哪个不是戴着面具呢
而且已戴了多年

参差集（二）

1

生活中这样的人太多了
我说的是解放大街那个自称大爷的人
昨天振振有词骂那摆摊的占道经营
今天又振振有词骂城管欺负摆摊的

2

一个孩子跌倒了，哇哇号哭
边哭边转着小脑袋四顾，发现没人
（我藏在一棵树后）
他不哭了，爬起来往前走
迎面走来一人，他立马趴在地上
又号哭起来

我笑了

笑着笑着想起了大人
这样的大人也不少哩

3

一个人为了狗
和人已经骂了好几架了
有些人自养了狗
就跟人不一样了

4

车水马龙的大街上
一堵墙阳光很好
我靠着墙蹲下
一会儿墙根蹲了一排人

5

那个家伙醉了
跌倒爬起，爬起跌倒
吐得翻江倒海
可意识清醒得很

"领导，您随意，
我干了！"

6

隔桌两人在讲一早办的三对离婚案
一对是刚刚还完二十年房贷
一对是女儿收到大学录取通知书
一对是相爱了十二年结婚只一周

7

人生多数的题
能有"约等于"的结果就不错了
精确的结果全是假的

8

上东村一位九十岁老人被抖音了
用尽了可怜悲悯之词
思考了老人一生的意义
老人看了很不高兴
我抓大了八儿三女

胤出了上百口人家
我后世重着哩

9

小区有一只狗
上午男人陪着散步
下午女人陪着散步
已经好几年了
从未见过他们俩一起散步

10

小区有两只狗
弟兄一样团结
来了一只母狗
就咬得你死我活

11

在春风撩骚下
所有的花怒放
释放出各自气味

让春天骚气爆棚
连石头都充满受孕的欲望

12

恍惚，害怕，惶恐，不安
进城之初总觉得背后有人尾随着
我常常疾步而行
借墙角拐弯
慢慢回过头来

13

这个社会啊
何等的奇葩
一个六十岁的老牌大学毕业的大学生
已做不出孙女二年级的作业

14

到了这把年纪
再没什么害怕的了
唯独害怕的是

重复地想一个人

15

一个明星自杀了
这条新闻在手机上动不动就跳出来
哪能让白白跳楼自杀了
后续的东西甚嚣尘上
吸死人的粉，卖死人的货，发死人的财

16

多少年没走过夜路了
这把年纪还是有怕的
小时候怕鬼
现在怕人啊

平常的事情

在乡下
平常的事情就是坐在田埂上
端详你的庄稼
听那种博大而精深的声音
阳光般普照在庄稼之上
穿过你的脉管
穿透你的生命

坐在田埂上
看你的庄稼在坚实而温柔的土地之上
摇成原始而纯粹的舞蹈
你会感到富足和蓬勃
日子里化解不了的东西
忽然间冰消雪化
岁月中失落了的东西
忽然间又回到你的身边
看着坡上的糜子

坡下的谷子

滩地的麦子

庄稼的深度，庄稼的分量

使一切都轻薄无比

坐在田埂之上

面对庄稼

虔诚地面对你的宗教

你会超然于日子岁月、于灾难幸福之上

庄稼以一种朴素而忠诚的光芒

粉碎你

完整你

自然地掐一颗穗子

掂量掂量日子

揉一粒籽实

咀嚼一种质朴的语言

坐在田埂之上

面对庄稼

任何一个心底灰暗的人

都将灿烂明媚

坐在田埂之上

面对为父为母为子为孙的庄稼

最普通的感情就是
恩情

祖父

斗大的字

识不得半升

却读懂土地这部深奥的书

翻了一遍又一遍

读了一茬又一茬

把四季读成庄稼

绿油油荫着心田

把日子读成果实

沉甸甸缀在脑际

看看太阳

就知道了时间

看看月亮

就知道了日子

看看鸟儿

就知道了季节

你说年好过月难过

日子还比树叶多

你把日子读成一棵树

结果与不结果

都精心侍奉着

天旱了

凭一身勤劳

滋润将来的日子

雨涝了

凭一身憨劲

照亮以后的路程

你没有翻不过去的灾难

你说人吃土地一辈子

土地只吃人一口

你用一口朴素的牙齿

将所有的灾难

嚼碎

高坡上生存的哲学

在这黄土高坡上生存

就得向牛学习

没完没了的坡

只有牛才爬得上去

没完没了的坡地

只有牛才能耕耘

踏着牛的蹄窝走去

会在不知不觉中翻过许多灾难困苦

踏着牛的蹄窝走去

你将听见踢踢踏踏的蹄声

如歌如谣

亦真亦幻

一如你的娃

拥着你

拥着你充实而明亮的日子

种子种下去的时候

也种下了骨气

你学着牛

上坡总是把手背在身后

在这黄土高坡上生存

得和牛称兄道弟

早晨它把力气借给你

助你翻过了一道又一道坡

耕过了一块又一块地

穿过了许多高高低低的日子

晚上你得割一捆嫩嫩的青草还它

当它回眸时

你们就用目光对话了

像兄弟一样扯着闲

你的痛苦你的快乐

你的得意你的失意

你的幸福你的灾难

你还有什么

不能与它倾诉呢

活在这里

活在这里
就活在老天爷膝下
活在土地爷怀里
活在这里
不敬老天爷不行
不敬土地爷不行
下种时乞老天爷风调雨顺
收获时乞土地爷岁岁平安

活在这里
要学会化解日子
把日子化解成年关
把年关化解成缸里腌着的酸菜
化解成锅里金黄的小米
化解成碗里飘着的油花
一碗油泼辣子面
就会使你额头发光

就会使你所有的日子发光
活在这里
化解不了日子的人
走投无路

活在这里
背上是天
脚下是地
中间是儿子和爱情
看看苍天
捏捏黄土
抹抹牛背
随意吆喝两声
就很踏实
踏实得如牛
在一块丰茂的草地

下冷子的日子

下冷子的日子
天气很冷
窑里很冷
羊粪末子煨得炕滚烫滚烫
却煨不热一颗颗发冷的心
蹴在炕上
浓烈的旱烟直把窑洞呛得晃动

去年多雪
大雪直淹了门槛
人人心里发热
那个年就过得很富裕很红火
辞年头直磕碎了八仙砖
坐在火盆前品着熬得酽酽的罐罐茶
想起今年便很激动
磨得飞快的镰刀
直铮响了一冬一春

连手上的茧子也发痒

冷子下罢
大地上像下了一层霜
人是土地结的果子
给霜打了蔫不唧的
可地不能不耕
牛不能不喂
他们仍然鸡叫三遍就起身了
踏着那黄土路
那颗受伤的心
只有在土地上才能忘记痛苦
而他们更需要去那片受伤的山塬上
补救那个受伤的季节

一年的庄稼两年做
庄稼汉的日子
总是一年望一年

凤凰城夜歌

蝙蝠的翅膀融尽太阳的颜料

草坪上小球王一脚射门

把太阳射进那方的黎明

婵娟披素巾自东方姗姗而来

天空丢下一块镶满钻石的版图

亮了，凤凰城

一座灯光的湖

白昼般热烈的高音曲线皆已停止奏鸣

最忙碌的三色灯悠闲地眨着眼睛

蝈蝈蛐蛐仍续奏那曲天籁之章

迪斯科已漫滤成浅蓝色的华尔兹轻轻波动

舞厅里海棠花朦朦胧胧地睡去

夜来香守候着一种古典的抒情

世界融成一片宁静的湖泊

鼾声之涛轻轻拍打着疲劳之堤入梦

一千只金鹿闯入一千个儿童、一千个少女之梦

一千颗太阳陨落在一千个心之峡谷
掀起巨石之涛，摇撼着遥远的背景

夜，休眠于这宁静的蚊帐之中
任月亮之河分泌的圣乳
哺育强壮而年轻的肌腱
嗬，宁静的夜
正孕育着一个沸腾的早晨

吊庄点

在漠鹰尖厉的叫啸声中
四堵墙终于打起来了
沙蓬刺蒿盖压在顶上
淡淡的炊烟便升起来了
向这蛮荒死寂的世界
庄严宣告：
这里有了一个孵化生命的胎盘
这里有了不是神仙的生命

于寂寞中死去的万古千年的瀚海
从此诞生了驱散噩梦唤醒晨曦的鸡鸣
诞生了驱散死亡唤醒新生的犬吠
诞生了理直气壮毫不畏惧的婴啼
诞生了预言生存象征生命的歌谣
诞生了一座起点站
向远方辐射着脚印
辐射成一条条小路

腊月

孩子们的棉裤棉袄

把日子穿得臃肿起来

讲古老的故事

将夜拖得很长，很长

爬山调拉着皮影戏

翻山越岭地奔波

闲得发慌的猎枪

终于跑到荒原上

追逐那如一团火焰滚动的狐狸

腊月在人们不知不觉中

和腊八粥一道又浓又醇地流来

从沉甸甸的金秋脱胎的腊月呀

跟年猪一样的肥

跟羯羊一样的壮

跟胡麻油一样的香

沉睡多时的揽工调

在老汉粗重的嗓门里复苏

年轻人守在电视机前琢磨着人生开拓者

社火给山村点了一把火

空旷的场野里

秋歌拉疼了腰

爬上山坡休息

猪八戒背着花媳妇汗流满面

寿桃太大

孙猴子直咧扯了大嘴

腾飞的金龙直把大地舞得晃动

矫健的狮子直把绣球抛进姑娘的怀中

腊月呀，把积攒下的感情全喷洒出来

直吹炸了钢唢呐

打烂了牛皮鼓

拉断了二胡弦

这个古老传统的恢复期

皮影戏在演皮影戏的历史

秧歌在扭秧歌的过往

小曲儿在抚慰小曲儿的寂寞

当咏叹调立体声把录音机震碎

历史在腊月里找到自己真正的位置

老碗酒大块肉夏旱烟围着火炉

又浓又肥地渲染过古老的话题
腊月这个闲月里的忙月真正忙起来了
为大姑娘走亲戚、小媳妇回娘家而忙
为双喜咧大嘴、蜡烛流红泪而忙
为出外十年几十年而归的游子而忙
为辞年饭挤翻了的八仙桌而忙
这岁之终岁之初的是庄稼汉的腊月呀
是由野里闪烁着的欲火祈祷着滚滚春雷的腊月
是瑞雪之兆激起的笑声把灌灌茶熬得又浓又酽的腊月
是被正月簇拥着轰轰烈烈压过来的腊月哟

蓝色幻想曲

站立在阳光投射的岩屿　诱惑铺展着一条
蔚蓝色的道路通向失去万有引力的永恒
翅膀撑开一方藏青色玉块　蓝色的风
从腋下穿过扇落了天之彩羽

前方　仍是一条蔚蓝色道路　身后仍是一片
朦朦胧胧的深蓝　巨岩
越来越轻越薄　如天翼　起落开合
钢羽被力张成金剑　铮铮
迎击着高风之飞刃　嗖嗖
一双金睛射开不是天空的天空　穿过
春之缠绵夏之冷酷秋之多情冬之热烈

力从汗孔里喷射扶摇之精神
蓝色交响乐从紫色云影里飘来
地平线漫漶成模糊的光绳
别的星球似探测假设的飞碟

神圣之光开成一棵花朵茂盛的树
远方仍然是一片诱惑的蓝莹莹版图
翼下一片征服的天空

夜的印象

浑圆如月，阒寂如犬吠，纤柔如云影，迷离如光斑
细风穿越竹影创设一种古典之意境
飓风掀起撼天之涛声成为遥远之风景
海棠一定睡去了，夜来香守候在她身旁
白桦的恬静与橡树的粗犷创造两种不同印象
合欢花在拥抱中进入甜美的梦幻

没有年龄界限的呓语咏出不用雕饰的好诗
玉兔也好，蟾蜍也好，嫦娥也好，由此诞生的后羿也好
都被泼溅成时刻坠逝之流星落入记忆的日记
流浪的风暴栖息在夜的臂弯酣然入睡
地平线下的大海正纯洁地产下一个精卵
神圣的祭坛上新世界的颂歌多么悠扬
预兆太阳之鸡鸣将血液暴涨为青春之大潮
苏醒的是麻木的神经、休眠的思想、僵死的意识
一杯浓咖啡醉一杯龙井或一杯甜葡萄酒
发酵成日曦之精血分娩出早晨一个伟大的计划
夜如蛰伏了一季的蛇蜕下一张皮正悄然离去

求雨

去年涝坝中
美美地一个猛子
直扎得痛快到今年
如同去舅舅家吃的那根冰棒棒
可现在扎不下去了
干裂的满坝底子板着白森森的面孔
直对着人凶狠呢

于是那群平时逃来躲去的淘气包
今日竟也温温顺顺服服帖帖立在那里
任唠唠叨叨的奶奶们拧着耳朵指来拨去
好奇的小眼睛被蒙起来了
泥鳅一样赤条条地跪在滚烫的场地上
当身后的瓷碟儿像学校的传令鼓敲响
一个猛子向前扑去
扑向盛着雨的碗、盛着火的碗、盛着风的碗
去揣摩一个个焚烧的期待

小小的年龄在这死一般的静寂中严肃起来
那双调皮好动的手那般神圣而沉重
幼稚的心灵成熟地祷告着
让这只汇集了无数心愿的小手
以无罪的年龄
去打落那只卜算未知的圣碗
摔出滚滚雷声
摔下倾盆大雨
摔出大人们一片绿油油的笑容

哦，手儿举起来了
别发颤，孩子别发颤
请相信你的手
和你的眼睛一样机灵

黄土高原

一片水茫茫的世界被十个太阳蒸干了
你搁浅成一块倾斜的版图
鳞甲在炎阳下脱落成僵硬的土屿石岛
黄澄澄肥沃宽厚的肌体隆起于苍穹
蛰伏在那里千年、万年、亿年……
石破天惊的创世纪的一声春雷

你没有腾空飞去，却留在这里繁衍子孙
任神农氏纯正血统诞生于周口店、蓝田
孕育了象形文字，分娩了甲骨文，衍生着
纸、火药、指南针、圆周率

衍生着一代天骄几世纪之风流
黄褐色遗传了黄褐色
黄肤色的长城
黄肤色的烽火台
黄肤色的磷火

黄肤色的文明

高原古老的神经之树分娩出山川经纬之根系
滋润黄肤色的乳血醇厚而肥鲜
滋润了黄肤色的信天游之声带
哺育了女娲之媚眼、盘古之雄性
后羿射落之日在这里跌落成最初之鹰种盘旋于苍穹
夸父之手杖化成的森林的胸毛
昭示着浪漫粗野之雄性

恐龙蛋的收藏家展览着自己的财富于世界前台
古壁画流出的迪斯科摇摆于地球之大厅
任信天游为主旋律之交响乐唱于遥远
龙戏凤之古韵与新声之和鸣令人销魂
越过时间之栅栏轻音乐为信天游添一段咏叹调
兽力车与人力车交媾出腾飞之速度
超越图腾、超越时代却又追赶着
潜意识之海冷峻的思想之波朦胧澎湃
充满渴望、情欲，既贪婪又慷慨
继承、叛逆、开放、闭塞、古老、年轻
为脑海逐渐形成的思想组合正在崛起的世界

啊嗬，黄土高原！啊嗬，黄色龙种！

有龙之血性，虎之风骨

极光般灿烂，彩虹般绚丽

任血肉之勇，任益精之智，任刚毅之志

任五十万年前的头盖骨下二十一世纪之思想

从那片黄土地上站立起来

我们走吧

但无论走到哪里

都是龙的传人！

下雪的日子

下雪的日子
是这片土地最幸福的日子
那真真切切结结实实的幸福
自脚下那方厚土
血液般涌流而来
灌注我们的全身
使我们激动不已

雪纷纷扬扬落下来
覆盖在土地上
覆盖在小路上、腊月上
覆盖在我们的心上
寒冬出奇地温暖起来
我们从围着的火盆前走开
走到那至亲至爱的土地上
哦，望望我们的原野吧
太小了，太小了

天外边都下着雪哟
白茫茫的铺天盖地
如那一年铺天盖地的收成

雪下了，雪下了
雪真真实实地落下来
真实得像把粪土送往田地
像把五谷拉入禀仓
捏一把
那感觉就像把种子捏在手里
就像把沉甸甸的麦穗捏在手里
看一看就茧子发痒
闻一闻就神清气爽
尝一口就力量迸发
雪落下来
轻轻地轻轻地鹅毛般
但我们听见它落在土地上
击出秋天的回响
在这山这谷永不衰竭地回荡

正月

当腊八过后的日子
当老秀才雪白的胡须一抖
抖出一副让小村啧啧称颂的对子
当炕席下炕了许久许久的鞭炮
爆出极清脆的笑声
当妹子擀得又细又长的辞年面
拉回那些在异乡忘归的游子
这个在腊月的舞场上演习了三十多天的
正月呀
在一片直率诚实的祝福声中
在唢呐悠扬的舞曲里
在社火红红火火的簇拥下
乘着旱船踩着高跷骑着高骡子大马
踏着那锣那鼓的节奏
风度翩翩快快活活地走来
积攒了一年的感情全泼了出去
老人们犁坑般的皱纹里流淌着的笑容

感染了整个小村的气氛

那些平日里森严的规规矩矩

被遗忘在腊月的旮旮旯旯里

大街涨潮了

小巷涨潮了

小村在欢乐的潮水里颠来晃去

古老的八仙桌摆不下的是正月

捷克式的大圆桌摆不下的是正月

比十三花的席绽放得更美更艳的是正月

比十大碗更丰富更富裕更有滋味的是正月

正月在油里加了蜜

在茶里加了糖

从正月里走过

不吃馍也油了嘴

不喝茶也甜了话题

从正月里走过，你将收获最美好吉祥的祝福

哦，正月

被八角灯笼与日光灯交相辉映得通宵达旦的正月呀

在那广阔平坦的麦场上

以舞得最凶最吼的狮子

玩得最欢最美的蛟龙

汇集各种声音成一年之始的音响

呼唤那蛰伏了许久的龙醒转

在那石破天惊的长啸中

唤醒那布谷鸟啼鸣的季节

麦客

栖于高高树枝的麦鸟一样

你立于季节的高枝

把握着这个季节

麦浪卷过

一阵成熟的气息

在镰刀与马车之间

在田野与村庄之间

漾来漾去

你这个优秀的踏浪手

踏在金色的麦浪之上

成了田野里一幅最优美的摄影

发痒的茧子

撞响锋利了三个季节的镰刀

白褂子蒸腾出盐末

麦地便有了大海的气息

赤裸的脚片踩在麦茬上

一种感觉使你浑身舒服得要命
别人收获了
你在别人的收获里嚼出了麦香
当白羊肚头巾挤出最后一滴汗水
你劳累而温柔地倒在田野
让惊起的那一片蛙声
仔细评说
这无人解透的苦乐

挑水的妹子

黄昏里
下山挑水的定是妹子
两只陶罐极粗糙
没有鱼纹
却一般古老

山路蛇一样伸过来
步子碎极
辫子动人地拍打着
水花笑落在山路上
开成一朵朵路边菊
香了山风
醉了黄昏

悠悠的山路
日子伸过来
在窑门口回身望望那山

有羊群归来

有谣曲归来

极粗犷极灿烂

妹子粲然一笑

酒窝里斟满夕阳

高山人家

比山更陡更高的是家

路在山上
陡的通向荞地
缓的通向麦地
日子就在那坡上缀着
麦地熟落了一个季节
荞地正为另一个季节灌浆

山地的季节
是高山人家的台阶
高山人家顺着这些台阶
从缓处爬上陡处
从低处爬向高处
雨落下来
落下一片宁静
炊烟升起来

升起一片温馨

高山人家便很踏实

踏实得山一样厚重

酣畅的鼾声

使山也为之动情

红高粱

好红好红的颜色

一面面旗帜
一穗穗沉甸甸的太阳
插在季节的高处
使仰望者
精神一振

山村
总用它充实日子
城市
却拿它装饰封面

中秋月

一年
十二圆
唯这一圆
圆得有意义
尤其当人生
也进入中秋
说你是一片海
不大
说你是一滴泪
不小
说你是一块磐石
不重
说你是一片羽毛
不轻

有客自远方来

把狗拴得远远的
把茶熬得酽酽的
多做些饭
多备点酒
垫铺一个舒服的窝
有路通向我家
有客自远方来

有客自远方来
不要让他到西面的单屋
一个人去抽闷烟
对着孤灯挨长长的夜
把他接到主屋
让娃娃亲他玩他
陪他到园子里
看看菜籽话话墒情
也看看畦畔的花

只是别问这花儿是否好看
问问陇西的汉子
问问关中的妹子
问问一路上的风风雨雨
问问是要去关山还是西口

有客自远方来
也别问来自何方
别问行程远近
别问月儿阴晴圆缺
别问行期
只是在他离去的时候
送到村外
使劲握握他的手
什么也别说

把狗拴得远远的
把茶熬得酽酽的
多做些饭
多备点酒
垫铺一个舒服的窝
有路通向我家
有客要自远方来

一头驴的家产

另家的时候

父亲分给我一头驴

那头驴被我拉向我家的时候

它拼命往后坐

不向前走

我把它的脊梁是抽了一鞭又一鞭

它这才磨磨蹭蹭地来到我家

我知道它喜欢住旧了的窑洞

住旧的地方什么都是感情

它留恋那孔专门为它修筑的小窑洞

那孔窑洞里充满了它的气息

它留恋父亲喂养它的细致

我知道它还留恋那个与它搭了十几年伴的草驴

虽然它被骗了

它们之间没有夫妻之实

但它们互相帮扶着走过了多少卖劲的岁月

我知道它对我这样的人不放心

人把日子过好了，自家的牲口都是精神的

在这块土地上，越老日子过得越好

它在这个村子和一个老人一样

已经住了十几年

当然把这些都看清楚了

像我这样的年轻人

它确实没有多大的把握

会因为年轻气盛

常常把日子过烂杆了

它当然不放心了

它为什么要到一个新家里去呢

可是它不能不去

因为到目前为止

它是我唯一的财产

而且它也是我出门进门唯一要想到的东西

欢喜佛

敦煌的几十条大街
都被欢喜佛占了
它们以一种表情
以一种永恒的姿态
以地摊文学的气派
占据了整个敦煌

有许多是年轻女子
每人手里提着几对欢喜佛
她们兜售时的那一番演说
煽情的表情
让我想起灯红酒绿中的那些女子

黑石峁岩画

黑石峁的石头
被太阳的火舌舐成阳光
古岩画上的人们在作画
画了很多很多鱼
很多很多鱼在阳光里游弋
游成舞蹈
游成象形文字
向我们讲述远古的事情
阳光很清澈
能照出风的影子

走向它们
它们因惊悸而凝成岁月
以抽象的目光打量我
而我
一定更加抽象
要么是一块石头

要么是阳光中

一条游动的娃娃鱼

静野

鹰也远去
太阳也远去
腾出一片空荡荡的天空
空荡荡的
天远地遥

西边有云朵
如向日葵绽开的花瓣
且大且美

梦
降临到我身上
像麦草落到小鸟的身上

岩羊

在孤傲的
贺兰山黑石峁一带
我看到一群岩羊
翻过那青黛的山冈

岩石一样的牲灵
在石崖缝间
像风一样
倏尔遁逝

在石嘴山
生命是如此倔犟
草长在石中
石生于风里
岩羊活在
和岩石一样的色泽里

抵达

春天在风中
咬紧牙关
绷直了每根神经
风会在春天的神经上
弹奏出交响乐
但春天不会迷失

村庄在风中
昂着头颅
僵直着每根毛发
风会在村庄的头颅上
敲出鼓声
但村庄不会迷失

我们在风中
皱着眉头
凝固着浑身的力气

风会让我们的眼睛闭上
推上绝境
但我们不会迷失

风不让春天抵达村庄
风要流放春天
风不让我们抵达收获
风要将我们出卖给城市
但春天、村庄、我们
都是兄弟
血缘是最牢固的根
已深深地扎进风里

在西北在风中
我们像风一样
从未迷失抵达
生命的根部的愿望

秋天是宁静的

秋天是宁静的
可是这庞大的尘世
谁听到过一片树叶轻轻地叹息
正如谁把目光歉意地投向
那坐在马路牙子边
一颗又一颗数着鸡蛋的老人
和他背后的那个小孩

无论是早晨还是傍晚

无论是早晨还是傍晚
无论是上班还是双休

有时候几天都见不到她
有时候她会天天出现在阳台上

我知道她就是那个坐宝马的女子
我还知道她还不满二十岁

我知道她也有不想坐宝马的时候
我还知道她已无法对宝马说不
我知道在她的眼里黄金和铜已没什么两样
我还知道她已回不到从前
就像花朵回不到枝头

有多少个帝王就有多少座江山

有多少个帝王就有多少座江山
这有山有水的地方
生长着庄稼和皇宫
生长着忠臣和权力
生长着太监和妓女

时间长了总有一些人
要跑到江山之外去
不管是什么原因让他们出走
最初都会被称作反贼

参差集（三）

1

这社会
人咬狗都不是新闻了

2

我之所以爱看那些
简单得有些弱智的动作片
因为在这些片子里
正义总是战胜邪恶
好人总是有好报的
而且英雄也还都是有毛病的

3

朋友圈充斥着的自拍

越来越像自慰

4

一个人在春天里待得久了
也会骂春天的

5

生活就是生下来活下去
我们一直用在农民身上
表达我们的悲悯情怀
直到那天我走进医院
被挤得干着急
就是走不到叫号的诊室

6

照亮一间屋子的光就足够我们需要的光明
我们偏偏制定了一个太阳的目标
事就是这么出的
就像出事的爱情
就是向一滴水

要一个海的内容

7

离天最近的
不是你站得有多高
而是你是否抬起头来

8

侄儿说话总是人生人生的
被老子一巴掌扇得转了几个圈
老子吼道，人生人生
你赶紧给老子生人
跟你同年岁的都几个娃了

9

多少年了
眼睛都干涸了
那天一个人喊了我的小名
我泪如泉涌

10

我喜欢沙漠的清爽
坐了滚了睡了
起身离开
没有一粒沙子
会粘在身上

11

曾经我梦想成为一个人
多年后和这个人说起
他笑说那时候他的愿望却是成为我

12

多么希望像蛹
能有一次破茧

13

有些话一旦说出来
意思就变了

14

每个早晨都轻松快乐
这是因为至少有七个小时
我没被人骚扰和填充

15

曾经说过的未来
多少年过去了
还是未来啊

16

河流摆脱了岸
何等自由、恣意
却失去了自己
再也抵达不了大海

17

现实如果能调个个儿
就实现了

18

自从被狗咬过一回
时不时总隐约听见背后有狗叫
猛然回过头
看到的尽是人

19

现在的妖精
吃人不吃人
都让人恨不起来

燕子

曾在我的檐下筑巢
用了我的泥巴和稻草
也捉走了我家田地里的害虫
我们是邻居、兄弟、姐妹
你小小的尾翼
剪碎我天空的阴云
送来一串水灵灵的祝福
和上好的心情
你有绅士的风度
带给我健康的生活
呢喃，欢叫，歌唱
随着自然的音乐翩翩起舞
你的孩子个个懂事
小小的就懂得与邻为友
可是那个秋天
你走了之后再也没回来
给了我一个无望的春天

田野里的泥巴和稻草

已在春气里酥软

我们一家人深刻地检讨过自己

甚至审问了我那淘气的儿郎

找不出你不回来的理由

你不是那种薄情的王侯堂前燕

那是什么污染了我们的感情

春天已经过去

我们的粮食已经生虫

你再不回来

我们该怎样生活

听小提琴协奏曲《梁祝》

十八相送

长亭更长
短亭更短
长长短短的
十八相送
送不过一个恼人而惆怅的
休止符

要么就长
要么就短
偏偏又是
长亭更短亭
一个故事
就因为这太多的
亭
而误了一个美好的结局

楼台会

会就会
溪边可乎
曲桥可乎
公园可乎
卧室可乎
酒吧可乎
……可乎
偏偏楼台
何必楼台
那么奇
那么高
再高就是广寒宫了啊

古人经验过
高处不胜寒
比数载寒窗的窗
还要寒上一千倍

是谁大喊了一声
寒耶
再寒也寒不过

一支曲子

破坟化蝶

如此强烈的震颤着的和破碎着的
是一个美丽的故事
那由远而近的由近而远的声音
旋起片片泪水的花瓣

能破坟真好
能化蝶更好
有许多花事
可以自由地去赶
有许多约会
可以自由地去赴

男的就雄样
女的就雌样
想做的就去做吧
尽情地享受
那一份本就属于你的
自由

那丝绸般破碎的是什么

是这件故事的标本

仙气

牙疼，一直疼到梦里
母亲来了，说娘给你吹吹就不疼了
娘对我吹几口气
小时候哪儿疼了娘就这样吹几口气
早晨起来牙果然不疼了

原野

青果初生，山花如灯，风吹麦浪

沟壑如妊娠纹充满勃勃生机

两只羝胡为掌群在打头，山野都是回声

一只屎爬牛倒立滚粪球

几只蚂蚁抬着蛐蜒的尸体

一条蛇咬着自己的尾巴在脱皮

两个对花姐姐在一片叶子上洞房

一头牛一蹄就毁了蚂蚁的碉堡

几只狗各占山头你一声我一声谝传

行走在原野你看到

死和生一样繁盛

悲伤和快乐一样慈祥

撞墙

穿行在大街碰上一个哭泣的中年人
他呜哇哇呜哇哇地号哭
吹响了集结号
他被人一圈一圈围起来
这个涉世不深的人啊
哭泣正是这个年纪最大的隐私
充分暴露在这么多人前
还以为能换得多少同情

我是过来人了
已不会选择这样的地方哭泣
更不会那样哭泣了
而是找个旮旯
拿头一下一下撞墙

还乡有感

不要以为回到乡下了
就把酒话桑麻
鸡黍是有的
酒也是煮的
只是不再话桑麻了
话的是城里的
房价、念书、就业、工钱

记孙女

1

孙女上幼儿园前
我们一直叫小名
一叫大名
孙女立刻高声道：打针
因为只有打疫苗时
才叫她大名

2

上了幼儿园孙女受到教育
一日回来对我说爷爷，对不起
我笑着说你干了什么坏事呀
她摇头说没有呀
我抚抚她的头说洗了手玩去
她偏着脑袋看了我半天说，爷爷

我都说了对不起，你为啥不说没关系
我嗯一声。她说爷爷记住
人跟你说了对不起你一定要说没关系
我说遵命，爷爷记住了

怎么能不感慨啊
多少年不曾说"没关系"了
因为那些应该对我说"对不起"的人
从没对我说过"对不起"
退休了希望有人对我说"对不起"
但没有，他们还想让我表达感恩之情

3

孙女说爷爷
我给你讲个笑话
我说好
她说一个小孩他姓王
我等着，半晌后她才说
这个笑话就这么长
她拍着沙发大笑
我稍一愣，也立刻拍着沙发大笑
嗯，我小的时候

快乐也这么简单

4

孙女会唱歌了，竟然会改歌词
把天上的星星不说话，地上的娃娃想妈妈
改成了天上的星星不说话，地上的娃娃没办法
真好，我抚抚她的头
她又唱
把一闪一闪亮晶晶，满天都是小星星
改成了一闪一闪亮晶晶，满天都是小妖精
精彩，我奖励了她
可第二天就被老师打回原形

5

孙女会花钱了
就喜欢上了钱
她把自己的小闹钟闹铃
设置成硬币落入钱罐的声音
嗯，我还是第一次知道
儿童闹钟的闹铃有这声音
跟着孙女长知识了

6

孙女不知从哪里听说羊粪豆豆这个词
问我羊粪豆豆是不是一种吃的
就像猫屎咖啡一样
我说不是，就是羊屎蛋蛋
她眯着眼睛回味了一下
说听上去一点都不脏
这倒跟我们小时候一样
我们玩游戏用羊粪豆豆做赌注
为了几颗羊粪豆豆打架

7

一日孙女煞有介事地跟我们谈起地球
忧心忡忡的而且落泪了
这分明是受了动画片、课外读物的影响
我说你一个小小的人儿操这心做啥
她不依不饶，说我不负责任
我冲她抱拳说遇上我一定管
孙女就开心地笑了

牛粪花

在西海固我看到一朵花
非常的艳丽
让我惊异
在这晒卷了树叶的夏日正午
在这百年一遇的大旱里
竟有如此艳丽的花朵

来到花朵前
才发现是数十只蝴蝶
扎在一泡刚刚屙下的牛粪上
在吮咂牛粪里的水分
我轻轻捏起一只
蝴蝶一点不挣扎
放开它，又扎在牛粪上

人啊

人啊

何等的复杂

有些人

你把他不当人

他不高兴

你把他当人了

他也不高兴

有些人

你越把他当人

他越把你不当人

这世界没有标准答案

只要你在这世上
真真切切生活过
你就懂了
1+1=2、1+1=3、1+1=1
2+2=4、2+2=5、2+2=6
……
都是对的
这世界没有标准答案

乡愁

乡愁很小
像一粒沙粒
躲在我的眼角
偶尔磨出几滴泪来
让我闻闻故乡的味儿

乡愁很轻
迈着小猫的脚步
悄悄跟在我的身后
偶尔从背后抓我一下
让我回过头来

嘱

鸟死了
把羽毛
交给了风

英雄死了
把名字
交给了传奇

拔钉

在一个造船厂
看到拖上岸的残船
伤痕何等的累累
几个工人握老虎大钳
在拔船钉
连锤带撬
一个个船钉被拔出
血红血红
木板上留下比船钉粗几倍的洞
也是血红血红
我感到好疼好疼

参差集（四）

1

有的时候你必须像小时候
用双手使劲蒙住眼睛
留一条不被发现的指缝
去看你将要面对的一切

2

在医院听到一件事
像诗一样
护士说老人住院一周了
没一人来探望
倒是有一只狗
蹲在大门外时不时叫上几声
医院驱赶
老人说我的狗

3

一箪食，一瓢饮
谁说不够呢
可谁又会满足啊

4

狼藉的烟头，像未竟的事业
散落在我坐过在地方
一棵向日葵，把头扭了又扭
一年就那样过去了

还争什么争呢
花已落下，果已成熟
争什么都没有意义
谁争就是谁的错

5

不要诅咒黑夜
至少黑夜让我们睡觉时
不用再戴上面具

6

他说所有的不顺、不幸
都是老天对他的考验
我笑了
老天也这么世俗
会有你这样的马仔

7

每逢夜晚来临
我在想
有多少人在做爱
这些人中
有多少人不是在做爱

8

泪，心之血
伤了心才出来
嗯，如今这社会
许多人没伤心
也流出泪来

9

不敢开口啊
谎言就在舌尖

10

有些哭声里藏着笑
有些笑声里藏着哭

11

我对面的家伙
一根烟的时间
就说了十几次上帝
我想我要是上帝
也得躲远远的

12

朋友八十年代进了省城
觉得自己土里土气受人下眼
心生一计，戴了副眼镜

也没人把他当回事
拿掉眼镜时才发现
近视了

13

我曾快乐过
结果发现让我快乐的事是假的
我曾痛苦过
结果发现让我痛苦的事是假的

14

小时候知道有披着羊皮的狼
长大了才知道还有披着狼皮的羊

15

向人讲述自己幸福的人
绝对不幸福
真正的幸福是一种感觉
讲出来就变味了

西藏都火了这些年了

1

朋友圈里许多许多人都在西藏
进大昭寺，上香许愿，转经筒
甚至磕了长头，被活佛抚了顶
照片一组一组地往朋友圈发
做得绝对比红衣僧侣还虔诚到位

晚上又一组一组地发照片
是美食，一桌肉，烤全羊都上了
酒是茅台，特别注明十年窖藏
拳划得了得

明白了，看了统计数据
这些年有数亿人去过西藏
西藏都火了这些年了
可我们这个社会风气并没有好转

2

大昭寺好大
盛得下所有人的欲望

有些人走进大昭寺
放下所有欲望净身出户
许多人从大昭寺出来
却带着更多的欲望

3

在布达拉宫
大昭寺
八廓街
烧香磕头布施转经筒
游客都虔诚得有模有样
然而那些磕等身长头的人
瞥都不瞥他们一眼
他们的世界里没有他们

4

一个小孩倒转经筒
遭到了喇嘛的训斥
母亲和奶奶不高兴了
跟喇嘛吵了起来
绝对的不依不饶
尽管她们磕头烧香布施
是那样的虔诚大方
孩子才是她们
至高无上的上帝

雕像

把石头雕成偶像刻上名字
只能缩短石头的寿命

慈悲

慈悲之心是不一样的
是有级别的
有些人天生就有
有些人是拜了佛才有
有些人是有了后代才有

父亲狠狠地揍了自己

小时候干过不少坏事
没少挨父亲的揍
可我不觉得有多错
因此父亲越揍我越干
直到一次我干了坏事
父亲狠狠地揍了自己

尽孝这种事

尽孝这种事
如今在微信里也能做了
而且是真正的扬名声显父母
你看看朋友圈
有多少人在晒尽孝的图文
整得有模样有内涵
挺能赚取人们的点赞与眼泪
更能涨粉
我可知道这中间有不少人
几年没回一次家

两豆

抖音、快手、微视频都是这样
你只要浏览过某一类别的视频
哪怕只是停留了几秒
它们就会不断地为你推荐某一类别的视频
我也才知道那么多的人走到前台
或聚集几个人或搭个台子炒作
有些确实不错，有启发有意义有价值
有些则实在是不敢恭维啊
就想起孙女考我的一个脑筋急转弯
说一个人把红豆和绿豆放在一起炒
炒啊炒啊往出一倒，红豆绿豆自然分开
问为什么，答案：两豆

睁眼瞎

只要被盯住被咬住的事件
总会有一连串类似事件的链接
看得人触目惊心啊
除非智障，再普通的人都明白
这社会不仅仅是灯下黑的问题
更可怕的是还有睁眼瞎啊

写诗

写诗挺好
写得好与不好
写诗都挺好

不要

不要夺走我手中的纸和笔
就像不要夺走疯子手中的纸风车
傻子手中的拨浪鼓

故意忘记

有些人学弗罗斯特、斯奈德

写乡下写自然

学得却一点不像

因为他们故意忘记了

自己就是乡下人

穿上了城市人的伪装

做出一副莅临驾幸的姿态

回到老家

待见

一些人开笔便是大师模样
灵魂啊上帝啊肉体啊地狱啊的
很洋气
很受方家待见

坏

酒坏君子水坏路
两个坏不是并列关系
你见到修好的路
可见到修好的君子

墓碑

一块整石雕刻的墓碑
才过了几年
墓碑上的字已模糊
问题是这块石头
顺着刀痕开始破裂

等

总是有许多等的人
这容易让人脾气大
可是我发现许多经常等人的人
越等越能等
越等脾气越好
这种人到了让人等的位置上
越是能让人等

我研究了一下
原来"等"字是竹下一个寺
等原来就是修行
善等之人都功德圆满

娘时光

母亲在油灯下做针线

走近一看

母亲正在敹我的西装

她要把背后的骑马袯敹上

这是我第一次穿西装

那时候西装兴后中开袯

母亲戳我一指头说新崭崭的衣裳

咋就不小心扯了这么长的口子

多难看，也不给娘说一声早早敹上

我嘎嘎嘎地笑了，说娘啊娘啊我的宝贝娘啊

就把我从梦中给叫醒了

嗯，梦中回到了娘时光

岩石

岩石的力量

来自一片童贞的花瓣

凝滞成岁月的琥珀

上帝的目光扫过

琥珀的光芒

锋利

无比

特比丘

时光真是大魔术师
两个曾经互相看不上
甚至互相诋毁的同学
在几十年后的同学聚会上
搞到了一起
还把丘比特说成了特比丘

长途车上

长途车上，左边一排坐着一男一女
通过不同时段上车和客气的举止
确认他们不是恋人，完全不认识
车开了，女的很快睡着了
她的头斜枕在他的肩头
甚至斜着滑落在他的胳膊上
她的长发披在了他的肩头

男的也睡去了，是伴睡
他时不时从指缝间偷看着女的
他那样斜坐着，看得出特别难受
但也看得出，他特不希望女子很快醒来

女士和狗

草地上一只狗在和一位女士嬉戏

玩飞盘，散步，打情骂俏

它穿得很时尚

刺绣的马夹

打着雅致的绅士结

戴着银项圈、镯子

走得趾高气扬

它有人的名字：鹏鹏

能看懂人脸色，跟人握手

巴结、讨好、卖萌

动不动把舌头长长地抻出来

我从它旁边经过

它看都不看我一眼

更别说扑着汪汪汪地撕咬

有一次它试图向我卖萌

我佯装要踢它一脚

它一跃跳到女士怀里

号哭着像一个小孩告状
它是一只狗啊
有没有过狗的生活

街角

一个拉着一只狗的老头破口大骂

不让你跟花花好

那不是个好东西

心花得跟隔壁老王一样

老六做的事他都能做出来

你偏跟他好

他把你卖了你还给他数钱哩

听了半天

不明白他在骂狗

还是骂人

洞上花

生活中老出这样的问题
一件新衣服
被烟头烧了个洞
老婆拿出绣花的手艺
在上面绣了朵花
立时得到人们的赞美
自此便心里有阴影
每每看到衣服某处绣花
就会想这是不是一朵洞上花

忧伤

这尘世的忧伤啊

穿透了冬日早晨清丽的阳光

弥漫在所有的房间里

仿佛咖啡豆煮出的气味

光线折射出屋子里所有物体的轮廓

窗台上的那盆米兰粒粒金黄

把芳香贴在了窗玻璃上

窗外就是丽景湖水波如风

一只黑色的鸟盘旋着

一阵风过后，天空只剩下巨大的空白

金黄的向日葵把头扭了又扭

只有道旁的被风压下来的枝条纷纷弹向天空

我把头高高地抬起来，像许多时候一样

对着天空长长地吐出一口气

旱芦苇与绵蓬

老家有两种生命力非常强的草
一种是旱芦苇，一种是绵蓬
说是它们曾经打过一个赌
旱芦苇说把它塞炕洞门塞三年
再扔回土地里它照样能活过来
绵蓬说把它在开水里煮三遍
再撒到土地里它照样发芽长大
事实证明，果真如此

轻视

天堂是因为人间而存在
不要轻视人间

来世是因为今世而存在
不要轻视今世

曹操出行

有家出租车公司
叫曹操出行
说曹操曹操就到么
连乡下妇孺都明白
真是恰切
我至今不知道
这句话的出处及内涵
但我一直会用
这就是文化

老姑厉害

老姑去世时几度穿衣
每次都觉得她已走了
哭声一起
她又睁开眼睛喘出一口气
从死神手里挣扎回来
如此往复
被折磨得不忍卒睹
亲人都说有话就说
一定转告到
一定按你的心思安顿好
可老姑硬是坚持了四天
撑到小儿子从南方赶回来
见面不到十分钟，老姑走了
人们对我说你老姑厉害

诗与诗歌

在一个乡上搞了个文学活动
乡宣传委员翻着会议材料说
一会儿是诗一会儿是诗歌
诗和诗歌不是一回事吗
有诗人，咋还有农民诗人
不都是诗人吗
那有没有工人诗人、干部诗人
来宾各行各业的都有
可得弄准确了
我们的文稿这样送出去
会按错误算
要扣分的
影响升迁

咋说呢

和人说起一个人的时候
只要他说那个人嘛咋说呢
后面的日子里
我就一直觉得那个人有问题

"不"

朋友出了本书

取名《横撇竖捺》

结果让另一朋友解读为"不"

朋友好不郁闷

这可是本寄予着他腾飞的希望之书

心药

医生建议我开点救心药准备着
我说我心没事，没检查出问题
医生笑笑说你这样年纪的人
又在官场上干了大半辈子
咋能这么肯定心没病
来我这儿看病的多是你这种人

懦弱

曾采访过一个杀人犯
都说他特别懦弱无能
没想到他杀了五个人
他话少，但在时断时续的讲述中
听得出他在心里已磨了几十年刀

说荤话

我以前爱说话

结果得罪了不少人

还不知道哪个人是哪句话得罪的

后来我不说话了

有些人就不高兴了

不合群一类的话就出来了

再说话

说真话有人不高兴

说假话也有人不高兴

很不好把握呀

就说荤话，嘿嘿

人人高兴

他们只要有应酬

就叫我

春

打开所有的门窗
向阳的或不向阳的
太阳正走近我们
一如久别的情人
我们即将重逢
靠着等待的温暖
我们已安然度过了严冬
曾失去希望的一切
又将面临一个同样的日子

打开所有的门窗
向阳的或不向阳的
不要讨论阳光将如何照耀我们
让我们专心地去做自己的事情
打扮我们的家园
设计一些有关的事情
给一切的一切重新开始的

机会

打开所有的门窗
向阳的或不向阳的
让风进来
让雨进来
让雷声进来
让一切的一切都进来
在春天里不要拒绝任何东西
让一切的一切成为我们心底的
另一种星光

老了

坐在马桶上
抽了两根烟
没有结果
起身站站
思谋了片刻
又坐下去
点上了烟

参差集（五）

1

站在大佛前
佛前跪着一个中年妇人
上香叩头作揖祈祷
她以做牛做马做灯芯为筹码
为儿孙许下宏愿
始终没听到她说自己一个字

2

不要以为仰望星空就很诗意
我就是在仰望星空的时候
踩翻下水道盖子掉进去了

3

许多人向着天堂走去
却走进了地狱

天堂的阴影即地狱
有着天堂华丽的外表

4

这一天的快乐，来自于小家伙
我叫他小家伙时，他叫我老家伙
往前推若干年我会教训他
甚至会教训他的父母
现在不了，我感到了快乐
我叫他小家伙，他叫我老家伙
我叫他小家伙，他叫我老家伙
我们叫着笑着，真好

5

我想告诉那个女子
你最美最迷人的时刻

不是你刻意摆弄做作的时候
而是你出神的时候

6

没有光
雪也是黑的

7

爱情不宜太诗意了
爱情诗亦不宜写得太多
写得太多就乱伦了
何况有些人写爱情诗
让人想到露阴癖患者

8

我不想分担许多人的痛苦
因为造成这许多痛苦的原因
我早就诅咒过

9

风，无所谓
雨，无所谓
有所谓的
是同舟的人

10

风的孤独来自更大的风

11

在机关待久了
无缘无故的都有人
说你的坏话

12

明星、富豪、名人死了
都会引起高度关注
还没下葬，坟就被刨了
乳罩、内裤扒得轰轰烈烈

一个死人的事
整得许多媒体骚气哄哄

13

到了一定年纪
你会因为一滴水
原谅了一条河流

14

在俄乌战场上
弟兄俩一个把一个打死了
他们是一个爷爷的后
却代表两个国家打仗
他们不想这么做
可是不行啊
背后站着挑起战争的人

15

当今社会的风气瞬息万变
一个人放了个屁

社会风气就变了

16

真正的朋友就是这样
隔段时日见一面
他来，我往
喝喝酒，说说话
不约定
没事

17

过了五十岁
羡慕围居村庄的乌鸦
背负着传世的骂名
依然自由飞翔
何等的自我与快意
不像蝙蝠遁入黑夜

兰亭

去过的人都满腹墨香
回来就成了书法家

几千年才出了一个王羲之
现在一天都能出几个

其实也没什么，就像凡是旅游的人
都会带点纪念品回去

只是他们不该到处题字啊
连王羲之题过的地方也敢下笔

在一堵墙前

在一堵墙前
我看到一个拿头撞墙的男人
我经过时
他把头抵在墙上
我走过后他又撞了
嗯，他只能以这种方式
发泄自己内心的隐忍

我知道他想号啕大哭
可是城市不提供让人可以
痛快淋漓地大哭的地方
大叫一声都会引人观看
何况是毫无顾忌地哭泣

朋友圈

一朋友翻看我的朋友圈
说你的朋友这么少
朋友圈可真清静
我说话多得罪了一些人
话少又得罪了一些人
不说话又得罪了一些人

吊兰

光线把影子移到别处去的时候
我看到了那只小虫子
我不知道它在桌子的阴影中
爬了多久
只知道它要爬上那窗台
窗台上有一盆吊兰
垂下它纤细的手臂

米兰

米兰在上午的光线里静静绽放
吊兰在空调的微风中荡着秋千
那个壶盛满了过滤后的纯净水

书像一位老者坐在我的旁边
光线像一个嬉戏的孩童
把所有的东西搬来搬去

白纸

一张白纸
抚摸了一遍
又抚摸了一遍
抚摸到第三遍的时候
就泛黑了

背影

盯着一个背影
走了很远
不记得
是如何回头的
只记得
那个背影
一直没有回过头来

墓地

一块中年的土地
缀满黄金与宝石
一对富有的庄主
海誓山盟的情侣
却没有为自己
死于中途的爱情
选一块上好的墓地
在活人手里死亡的爱情
常常衣不蔽体

蚂蚁

我正蹲在这个春天的正午
看一场战争
那是两只蚂蚁之间的战争
一只通体黑透的蚂蚁
另一只也通体黑透
在上午的阳光里
他们的壳光泽凛冽
就像披上了战甲
隐约有金戈铁马之声
我将它们分开
它们打到了一起
我将它们分开
它们打到了一起
一个上午，我这样一个庞然大物
硬没拉开两只打架的蚂蚁

石花

菊花带来的风霜
使秋更加深了
清澈的水流过
没有痕迹
鱼隐了
名人高士一般
凋落于水中的花
开在石上

年的关

年关年关
闯关的如今是一些农民
占据高地一样冲锋
降落伞一般巨大的背包
在背后奔腾

年关
兵荒马乱的

朋友

朋友远远地来看我

我八点钟接他

直到十点半才接到

然后我们就到了馆子里

一顿酒直喝到子夜

我又将他送到了宾馆

放到床上他就呼呼睡了

第二天十一点才醒来

我们又喝酒

不喝干什么去呢

喝到三点

他看看手腕说得走了

都两天了

我说我们还没有好好说说话

他说留着等闲了吧

我说什么时候闲呢

他看看窗外说我也不知道啊

但我知道总有一天我们会闲的
彻彻底底地闲了
我点点头，他已经把包提在手上
倚着车门说等闲了我过来住些时日
我们守在一起好好说说话
我点点头又点点头
回头想想我都不知道
他现在在干什么

一颗肇事的露水

夜在叶子上凝结了一颗露水

被风儿摇落

打湿了一只蝴蝶的翅膀

蝴蝶躺在石头上

晾晒翅膀

阳光却被乌云遮挡

风儿扯走了乌云

又晒着了一对情人

情人打开一把伞

他们把头埋得很深

伞因为被人紧攥把柄

只好为人避雨遮阳

只一个瞬间

这一切就成了往事

交易

解放街有个教堂
在我上班必经的路上
每次经过教堂大门
我就会想起那个家伙
不是犹大
是那个改了信仰的家伙
都说他和神父达成协议
上帝将赦免他信奉佛教时所有的罪恶

乡愁

和故乡没有任何羁绊的人
卖萌似的一遍遍说着乡愁
写着乡愁拍着乡愁发着乡愁
让乡愁像雾霾四处飘散
被故乡死死纠缠着的人
脸色铁青
双目呆滞
一言不发

生离死别

身边的朋友离婚的不少
有些离好几年了
可相聚、路遇或说起他们中的一个
我总是想起另一个
就像说到花朵，想到春天
说到草原，想到骏马、骑手
毕竟他们一起生活了十来年
可是他们自离婚就不相往来
都不知道曾经的另一半如今生活咋样
甚至提都不愿意提起了
不能不让人想起描述爱情常用的词
——生离死别
可是飙歌飙的都是爱得死去活来的歌

参差集（六）

1

照片都会褪色
最终褪成遗照

2

孩子，我想说的是
一见钟情不是缘分
多是色情

3

一对普通夫妻那么难缠
离婚持续那么长时间
在朋友圈炸裂
连朋友亲戚都卷了

生离之痛远大于死别
想不出有多深的仇恨
才有那样血淋淋的持之以恒的撕扯
才有"老死不相往来"诅咒般的决绝
就像他们做爱十年
一直都是拿刀子捅着

4

死无葬身之地
肉身无所谓
终究分化为灰尘
怕的是灵魂

5

一朵凋谢的花
落入诗人的诗中
诗人用词语的盛宴
为花举办了盛大的葬礼
比林黛玉还葬花

6

几次判断失误后再不敢轻易判断
把佯醉的人看成真醉
把真醉的人看成佯醉
因为都善装，类似的错误多了
比如很多场合总有逢场作戏的
以为真是逢场作戏
直到出事后才知道人家是真抓实干

7

想及青春
老泪纵横
望窗外
兰山依旧
老菊饮风

8

我喜欢自己醉了
然而却总被人灌醉

9

那件事绝对是个悲剧
可所有人都看成笑话

10

所有的石头都能成佛

11

一位同事去医院
碰上领导来医院
张口就问
您也来看病啊
后来他就一直纠结
直到那领导退了

12

多少年后才明白
在单位一开始不是朋友的
一直还相处着

偶尔吃点喝点
是朋友的已不往来
见了面互相看一眼
连头都不点一下

13

表弟十八进城，过五十了还在打工
他已没了在城里买房的雄心壮志
但楼市、物价的各种消息深及梦里
常常让他在梦中猛然坐起
他的儿子孙子都漂泊在城里
而且声明绝对不会回乡下去

14

生活中我不向前看
总是往后看
我的动力来自后方
这样我就能走得更快更远
我曾试着往前看
几次让我浪荡成一摊

15

这世上没有真正的失去
那些曾经失去的
最终都将会以某种方式回来
出现在你的生命里

16

广场上一个孩子试图坐在喷泉上
成为莲花童子
可惜他的法力不够
被他的凡人父亲
一巴掌扇下了神坛

17

风袭击了一片树林
一棵树挥舞枝条
疯狂地抽打在另一棵树上
两棵树都叶败枝残
断茬如骨白森森
风却打着口哨潇洒离开

窗外

窗外有人在训话
掌声不时响起
是小区保安队集合
连队长共六个人
是队长在训话
这很正常
只要有主席台必有讲话
不正常的是六个人
竟然能拍出那样洪大的掌声

大街上

街角拥堵
一群人围观一个傻子
那傻子笑着说
嘿嘿，一群傻子

挥刀自宫

看到越来越多的娘炮
就想到读《史记》
你能感到扑面的阳刚之气
也不能不想到司马迁受过宫刑
忽然想这些娘炮
是不是也给来个宫刑
让他们挥刀自宫是没有可能的
至少该给那些制造娘炮的导演来个宫刑

识狗

见过很多狗
大致有四种类型
一种是见人就咬
一种是见人从来不咬
一种是见坏人就咬
一种是见好人就咬
我不知道哪种狗
才是狗

刷脸

刷脸代替了签到
我们成了靠脸吃饭的人
这让我想到了
出卖色相
确实刷出了一些不常上班的人
遗憾的是
还刷不出不要脸的人

老家有个傻瓜

老家有个傻瓜
从我小时候记事
一直傻到现在
前不久回趟老家
他还是那么傻着
踩自己影子玩得很开心
想来他七八十了吧
一起笑他学他逗他的人
不少都已作古
骨头都腐朽了

快乐

这些年
我还是喜欢自己的快乐
在我周围的熟人看来
或许我的快乐一文不值
就像我这个人一文不值

我喜欢偷着快乐
不是不愿与人分享
而是许多人不认可我的快乐
一如我讨厌他们的自以为是

巢

鸟飞走了
留下巢

风从巢中穿过
掠走了仅剩的几根
羽毛

以后的日子
巢靠或远或近的鸟鸣
维持日渐破落的
日子

水仙花

水一定是名水
仙一定是高仙

有名水的孕育
有高仙的点化
你才开得如此
不俗

冰雕

柔得不能再柔的水
站起来
也经得起刀砍斧劈

荷

自烟波渺渺的水国出世
以天然的姿态
立于浮世之上
映万千劫后的光誉
惊落悬于枝头的歌音
幽然中的一份自信
炸开夏之灿烂
轻舟过处
留淡抹水痕复归寂寞
洒向你的诗歌与目光
是另一种劫
你以无法言传的芬芳
喷洒经过你的任何一种人
是谁将爱的垃圾
倾注在你洁净的家园
又说着出淤泥而不染的谎言
连阳光也穿不透

黄昏

经过你的水域

在你辉映的水上

夜幕苫盖着虚伪的爱情

唯有寂寂的月下

你静若处子

将一片柔情遥寄出世的初衷

寻找不快乐的原因

一直过了五十才明白

你得学会腾空自己

就像删改文章一样

删除那些多余的词句段落

我们都装得太满了

你得让光透进来

让风穿过你的身体

给思想腾出转身的地方

要知道一些东西熟得太久

就会变质腐烂

让目光越过眼前的东西再向远处投

你就会感到空洞带来的轻松

你就不会在乎你曾在乎的人没在乎过你

你就不会诅咒那些曾经诅咒过你的人

活着即天堂

做甲状腺结节手术
住了半个月的医院
见到了太多的病人
有和尚道士
有尼姑神父
明白了活着即天堂

绝对的背井离乡

从海南回来
下飞机出了大厅
掏烟急忙点上一根
打开烟盒
烟盒里钻出一只蚂蚁
想想明白了是在草坪上吃烟时
烟盒放在草坪上蚂蚁钻了进去
这只蚂蚁绝对的背井离乡
好不纠结啊
能有啥办法
只能找个蚂蚁成群的地方
将蚂蚁放下
我离开得一步一回头
但愿蚂蚁不像人类这样排外

盗墓笔记

参加一个传统文化大会

用媒体的话说是大咖云集

不少人戴着玉佩、珠饰及其他

一嘟噜一嘟噜的

他们炫耀是什么墓什么墓出土的

他们很有兴趣地分享着盗墓经验

谈着古墓的分布地图

大谈特谈《盗墓笔记》中的硬伤

本属被诅咒的盗墓成了交流的热闹话题

甚嚣尘上

前后左右几个人喋喋不休大谈盗墓

我说所有的墓都是祖坟

上帝是个感叹词

我们那里人知道老天爷
不知道上帝
表弟初进城打工的一天
问我认识上帝不
我说见着上帝了
表弟说听人说上帝上帝的
肯定是个厉害人
要认识就不怕他们欠工钱了
我说上帝就是个感叹词
就像我们长出气时的一声"啊——"

我也想是个动词

巴克明斯特·福勒说：

我，其实是动词。是我自己在营造我。

我也想是个动词。

这些年我也确实是个动词。

只是，我一直是被动的。

鸟也有不想飞的时候

云无心以出岫，鸟倦飞而知还
草地上一只鸟围着我蹦蹦跳跳
像孩子手中的跳跳球
我动一下，它跳一下
我动一下，它跳一下
它很敏感，但没有飞走的意思
我一再惊它，它只是往远跳跳
我明白了，鸟也有不想飞的时候

上帝闭关了

上帝肯定是闭关了
否则就太不称职了
你看这世界到处兵荒马乱
都说是为了和平的战争
间隙里是为了爱情的人们
有些人忙于出轨
有些人忙于捉奸

我

小时候为了我是我
三天两头跟人打架
对着千山万壑高吼出自己的名字

步入不惑之年
我却惑了，我是谁
时时刻刻打量着审视着
我认不出自己

如今发现我不是我
这哪是我小时候坚决捍卫的自己
越是审视越发现
我是任何人，唯独不是我自己

落日下

有云烘托

落日巨大

把余晖泼洒过来

冈上人家

灯光如豆

大地暧昧

苍天如幕

从写字到书法

一些人以为只要拿毛笔写字都称书法

于是便提着毛笔到处奉献墨宝

只要搞活动（没活动专门组织活动）

就会有写字

还要润笔费

也不能怨他们

因为没有人（其中不乏书法家）告诉他们

从写字到书法有很大的距离

反而像随从鼓掌叫好铺纸研墨

放命

世界上 95% 的人是病死的
只有 5% 的人是老死的
这个数据很扎心啊
老家许多人死了
都不知道死于什么病
"小病拖，大病扛，
病危等着见阎王"
媒体这话说得真实
所以老家的人
把睡炕上等待死亡的日子
叫放命啊

你闻闻

一个家伙住院
赶上有人正在办出院
他见到了前病人
一位美丽少女
他非常开心
我去看他
他激动地对我说
前病人多美多美
这次院住得值啊
睡在她睡过的床上
以前几次住院真倒霉
全是老头老太太
那床臭的啊
你闻闻这床
我说你留着慢慢闻
能治病
他说那肯定的
又说你别这么下作噻

一日三遇

第一次碰见她
她拉着一只狗

第二次碰见她
她拉着一只狗

第三次碰见她
她拉着一只狗

参差集（七）

1

剃头柳
剃去一个头
冒出千万个头
越剃越旺
在这大西北
没有比这更励志的了

2

浏览朋友圈其实挺好的
我是说如果没有那么多
爱夸大自己经受的苦难
和取得的伟大成就的人

其实呢都是普通人

却又总想表现得不普通

3

一滴水自高空落下
潭中的水粉身碎骨地接纳
水花溅落潭外
岂止五步
看水融入水中之壮烈
你就明白了
大海的力量

4

一旦有了看法
必定会有说法
一旦有了说法
必定会有看法
在日常生活中
看法说法大过宪法

5

关于虚岁和实岁的解释
一度让许多人把握不到位
抖音中的有关解释可谓精准
虚岁是爸爸生你的日子
实岁是妈妈生你的日子

6

孙子从城堡游玩回来
带回来几个骷髅头
尽管是文创艺术品
把爷爷吓出一场大病
请了神汉驱鬼
又请阴阳念了三昼夜经
把几个骷髅头安顿进了荒野坟地

7

难得下了场可堆雪人的雪
大人娃娃都跑出来堆雪人
大街小巷便多了憨憨的雪人

倒霉的是我看到一个家伙堆雪人
把几口痰
唾进了雪人的身体里

8

白天与黑夜之吻
产生了两个美妙而暧昧的时刻
黎明与黄昏

9

入世了
自觉不自觉地就会戴上面具
戴得久了，就像整容者
忘记自己昔日的模样
自己都不认得自己了
还得戴啊
王子的那句话成了真言
"我戴面具久了，
不戴就感到不安全。"